Directora de la colección: M.ª José Gómez-Navarro

Coordinación editorial: Lupe Rodríguez Santizo

Traducción: P. Rozarena

Título original: *À quoi on joue, Lilou?*

© Hachette Livre, Paris, 2005
© De esta edición: Editorial Luis Vives, 2005
   Carretera de Madrid, km. 315,700 · 50012 Zaragoza
   Teléfono: 913 344 883
   www.edelvives.es

ISBN: 84-263-5930-2

ROMÉO P.

¿A QUÉ JUGAMOS, Lilú?

Edelvives

-OYE, **Emilio**, ESTOY ABURRIDA...
-YO TAMBIÉN, **Lilú**.

-¿QUÉ PODRÍAMOS HACER?
-PUES, NO SÉ, Lilú.

-NO TENGO GANAS...

-¿Y SI ECHAMOS UNA CARRERA?
-¡BAH...! ESO ES MUY FÁCIL, Lilú.

—PERO CON UN CAZAMARIPOSAS ES FÁCIL...

-¡QUÉ DICES, **Emilio**!
¡ESTÁN DEMASIADO ALTAS!

—ADELANTE, **Emilio**. YO TE MIRO.

–MIRA, **Lilú**, CASI PILLO UNA...

—SÍ. CASI...